Ik heet Joe

...maar zeggen jullie maar gewoon Joe.

Ik ben een speurkonijn. Mijn detectivebureau heet Carrot & Carrot, het meest beroemde bureau van de hele Konijnenarchipel (en ook het enige…).

Ik ben gek op mijn werk. Ik hou van aanwijzingen napluizen en onoplosbare zaken oplossen, maar bovenal ben ik gek op mijn familie: samen met mijn vrouw Jo heb ik vijf kleine konijntjes!

Willen jullie de familie Carrot beter leren kennen? Waar wacht je dan nog op? Sla de pagina om en lees!

Welkom in de wereld van

JOE CARROT

Geronimo Stilton is een wereldwijd beschermde merknaam. Alle namen, karakters en andere items met betrekking tot Geronimo Stilton zijn het copyright, het handelsmerk en de exclusieve licentie van Atlantyca S.p.A. Alle rechten voorbehouden. De morele rechten van de auteur zijn gewaarborgd. Gebaseerd op een idee van Elisabetta Dami.

Tekst:	Joe Carrot
Oorspronkelijke titel:	Il mistero di artiglio rosso
Vertaling:	Loes Randazzo
Omslag:	Flavio Ferron
Illustraties:	Flavio Ferron, Claudia Forcelloni, Daniela Geremia en Danilo Loizedda.

© 2006 Edizioni Piemme S.p.A, Via Tiziano 32, 20145 Milaan, Italië
www.geronimostilton.com
© Internationale rechten: Atlantyca S.p.A., via Leopardi 8 - 20123 Milaan, Italië
foreignrights@atlantyca.it - www.atlantyca.com
© 2010 Nederland: bv De Wakkere Muis, Amsterdam - www.dewakkeremuis.nl
ISBN 978-90-8592-119-6
© 2010 België: Baeckens Books bvba, Uitgeverij Bakermat, Mechelen
ISBN 978-90-5461-640-5   D/2010/6186/40   www.baeckensbooks.be
NUR 282/283

Stilton is de naam van een bekende Engelse kaas. Het is een geregistreerde merknaam van The Stilton Cheese Makers' Association. Wil je meer informatie, ga dan naar www.stiltoncheese.com

Huize Carrot

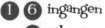

1 6 ingangen

2 schuur

3 5 12 15 badkamers

4 zolder

7 zitkamer

8 wasruimte

9 serre

10 garage

11 kamer van Kevin

13 kamer van Susan en Evie

14 kamer van Andy en Mand

16 kamer van Joe en Jo

JOE CARROT

DE ONGRIJPBARE RODE KLAUW

KOM OP, OPSTAAN!

Het was een *rustige* zondag in juli.
Ik wilde me net nog een keertje omdraaien
en wegkruipen onder de lakens, toen... oeps,
sorry, ik heb me nog niet eens voorgesteld.
Ik ben Joe Carrot, maar jullie mogen me
Joe noemen. Ik ben een SPeUrkOnijn.
Mijn detectivebureau heet Carrot & Carrot

Dit ben
ik!

DETECTIVEBUREAU
Carrot & Carrot
is wegens vakantie gesloten
(dat moet ook af en toe!)

het beroemdste bureau in de hele Konijnenarchipel (misschien ook wel omdat dit het enige
is...).

Ik werd wakker van het geratel van de
wekker, het gerinkel van de telefoon en het
mixen van de mixer.

Voor alle duidelijkheid: ik ben geen lui konijn,
integendeel! De vorige avond had ik tot
laat doorgewerkt, om alles in orde te maken
voor... **LUISTER!**

Ik had besloten om vakantie te nemen! Ik wilde
met Josefien (Jo) meegaan op de beroemde

TOUR DE LANCAROTTE.

Dat is een wielerwedstrijd die
meerdere dagen duurt. De Tour
gaat van **BOVEN** naar **BENEDEN**,
van links naar rechts dwars over
het eiland **Lancarotte.**

En Jo had zich opgegeven!

Jo riep: 'Joe, het ontbijt staat klaar!'

Ik liep de trap op naar de keuken
waar de rest van de Carrotbende
al aan tafel zat.

Susan, mijn spruitje van zeven jaar,
deed net de **KOELKAST** open
toen ik binnenkwam. 'Sorry pap!'

Evie, mijn knolletje, omhelsde me
stevig. 'Goedemolgen, pappie!*'

De omhelzing was prettig, maar dat
ze daarbij haar hele glas wortelsap

---

* Evie is pas drie jaar en kan de 'r' niet uitspreken!
  Vroeg of laat gaat het haar lukken!

over me heen *kiepte*, iets minder!

Kevin, de oudste, luisterde naar muziek op zijn mp3-speler.

'Hai, pa! Dit is heftig, hè, moet je eens horen!'

Ik stopte het koptelefoontje in mijn oor. De muziek DOORBOORDE mijn trommelvlies, zo hard was het! Mijn oren begonnen te wiebelen op het ritme van de hiphop… of zoiets.

Op dat moment greep de tweeling zich vast aan mijn pyjamabroek en veegden hun vieze chocoladesnuitjes er aan af.

Ik zeg altijd maar zo:

'Wakker worden bij de Carrots, is een belevenis op zich.'

WAT EEN SUPERMAMA!

Jo was klaar voor haar laatste **training.**
De volgende dag zou de Tour echt beginnen!
Jo is echt een *SPORTIEF TYPE.* Ze was
als kind al gek op fietsen, en daarom had ze
zich nu ingeschreven voor de TOUR DE
LANCAROTTE.
En wij gingen haar aanmoedigen!

Jo toen ze klein was

OPZIJ!

Kevin zei trots: 'Mam, ik heb je Carrotbike in de tuin gezet! Ik heb hem voor je opgepoetst!'
'Maar ik heb hem GEWASSEN!' vulde Susan aan.
'En ik heb er een *strik* aangehangen!' zei Evie.
Jo was ONTROERD.
Voor ze naar buiten liep, drukte ze op elk konijnensnuitje een **vlinderkusje.**
Het kusje voor Kevin kreeg ik; hij is namelijk al 13 en wil als een groot konijn behandeld

Carrotbike

worden. Hij vindt zichzelf te groot voor kusjes!
De Carrots zijn een *hechte familie;* als de een iets
doet, leeft de ander mee. En dat deden we!
Ik at mijn ontbijt terwijl ik het nieuws op TV,
Tele K1, in de gaten hield.
Het museum was in beeld. Het wemelde er van
de politieauto's. Toen verscheen er een bericht
in beeld.
De Rode Klauw heeft opnieuw toegeslagen!
De Blauwe Radijs is gestolen!
Ik liet van schrik mijn lepel in de yoghurt
plonzen.

DE ONGRIJPBARE RODE KLAUW

De **Blauwe Radijs,** een legendarische gigantische saffier, was verdwenen!

Opgelost! *Vervlogen!*

De dader, **DE RODE KLAUW,** had zijn **POOT**-tekening achtergelaten: een visitekaartje met een rode afdruk van een klauw.

Evie vroeg **NIEUWSGIERIG:** 'Wie is de
*L*ode Klauw?'

'Dat is een dief, Evie! Hij is zo rap dat niemand
hem te pakken krijgt!'

Evie sperde verbaasd haar oogjes open: 'Zelfs
jij niet, pappie? De alle*l*beste boevenvange*l* van
de we*l*eld?'

Dankjewel voor de eer... maar deze keer
moet de politie van **Knijnopolis** het maar eens
oplossen!'

Natuurlijk *JEUKTEN* mijn poten, natuurlijk
wilde ik me ermee **BEMOEIEN,** maar nu niet.
Niets of niemand mocht mijn familievakan-
tie in de weg staan!

Over familie gesproken... waar waren ze allemaal gebleven? De keuken was opeens verlaten.
Ik liep met Evie naar de **TUIN.**

Daar waren ze, ze stonden om Jo heen.

Jo controleerde haar banden.

'Weet je wat ik dacht, Joe?'

Aiaiaiaiai! Als Jo die vraag stelt... dan staat het antwoord me meestal niet zo aan.

'Ik dacht dat jij ook best een fiets kon pakken en mee kon trainen!'

'Als ik nu eens met je meerijd... in de auto?' stelde ik voor. 'Dat is veel beter, dan kan ik je door het raampje **aanmoedigen** en...'

'Je bent gewoon lui, Joe Carrot!' antwoordde ze.

'O nee, dat mag je niet zeggen! Ik ben een snel en behendig konijn! Door al dat achtervolgen en schaduwen ben ik prima in conditie!'

'Ja, ja, behalve vanmorgen...' GRAPTE Jo.

GRote KRoten!

Had ik het goed begrepen, daagde mijn lieve Jo me uit?!

TRAPPEN! TRAPPEN! TRAPPEN!

Ik trok snel een wielerpak aan en pakte mijn fiets uit de garage. Het was een antieke tweewieler, om eerlijk te zijn. De versnelling was verroest, het zadel gescheurd en de trappers kraakten ANGSTAANJAGEND.

Ook mijn uitrusting had betere tijden gekend. Mijn broek was na een val hier en daar OPGELAPT (een val vanuit stilstand overigens, maar dat is een ander verhaal)! Mijn trui stonk naar MOTTENBALLEN, en de helm was gedeukt.

Jo stond te stralen in haar KLEURRIJKE outfit.

1 Helm met technisch vernuftige ventilatie voor de oren.
2 Antizweet sponsstrip.
3 Fietsbril die beschermt tegen zonnestralen en vliegjes.
4 Antislip handschoenen.
5 Trui met opgenaaide zakken voor extra wortelproviand.
6 Broek met ingenaaid zeemleer tegen zadelpijn.
7 Katoenen sokken.
8 Schoenen met speciale zolen die op de trappers vast-"klikken".

1 Helm vol met deuken.
2 Oud truitje, ruikbaar in de mottenballen bewaard.
3 Zakdoek om het zweet van zijn snuit te wissen.
4 Broek, met lapjes over de scheuren.
5 Oude sokken, rijp voor de vuilnisbak.
6 Prehistorische gymschoenen.

Het verschil was duidelijk: zij was de professional, ik de amateur… zeg nu zelf!

We waren er klaar voor!

We belden mijn moeder Molly, die op een konijnendraf kwam *AANGEHOLD.*

Ze wilde maar wat graag op haar kleinknagers passen!

Jo vertrok *rustig*. Terwijl ik gedag zei, hoorde ik Kevin tegen Susan fluisteren: 'Pa redt het nooit. Laten we hopen dat hij niet *OMVALT!*

Wat moesten mijn oren daar horen? Om Kevin te laten zien tot wat zijn vader in staat was,

ging ik er als een speer vandoor!

HET KONIJN EN
DE SCHILDPAD

GROTE KROTEN!

Eerst voelde ik me top… maar toen kwamen we
bij de Muizenpriklaan… daar ging het omhoog.
Nou ja, om eerlijk te zijn: je kunt het nauwelijks
een helling noemen. Een mini-hellinkje… maar
het was genoeg om… **KRAK!** Mijn poten leken
van **LOOD.** Mijn hart ging tekeer als de kapotte
uitlaat van Kamille, mijn sportieve auto.
Ik hoorde een geknars en gepiep en wist niet
of dat van mij of van mijn fiets afkomstig was.
Jo draaide zich om en kwam terug.
Ze fietste naast me, *lichtpotig* als een libel:
'Je moet je krachten beter verdelen, zo haal je

nooit de 100 kilometer training!'

HONDERD? HONDERDWAT? HONDERDWIE?

Jo had het over 100 kilometer… maar ik was na 100 meter al gaar!

We maakten een rit rondom Knijnopolis. We kwamen de stad binnen over de KLAVERALLEE, en gingen zo door naar het Lelieplein. Daar stopten we, voor het *Museum van Knijnopolis.*

Ik was kapot en stierf van de dorst!

Gelukkig stond er voor het museum een fontein die heerlijk helder water spoot. Gered!

HIJG! ZUCHT!

Een politieagent kwam op me af en zei:
'DOORFIETSEN! We zijn hier met een onderzoek
bezig en…' Hij maakte de zin niet af, maar ging
verder: 'Maar wie hebben we daar: Joe Carrot!
De zoon van Sjors!'
De agent heette **Robbie
Rabarber** en was een oude
kennis van mijn vader.
Jullie moeten weten dat mijn
vader een heus SPeUr-
KONIJN was! Hij had heel vaak de
politie van Knijnopolis geholpen. Ook al
was mijn vader met pensioen, hij had nog veel
vrienden bij de politie.
Rabarber vroeg: 'Waarom heb je je VERKLeeD
als wielrenner?'
Jo schoot in de lach.
De agent ging door: 'Ik begrijp het, je bent

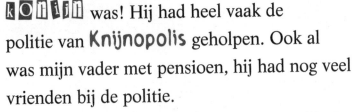

vermomd! Ik wed dat je **DE RODE KLAUW** op het spoor bent! Goed geraden?'

'**MIS!**' antwoordde ik. 'Ik heb vakantie en bemoei me niet met het onderzoek!'

Jo en ik reden verder. Het hele centrum was afgezet. Politieauto's reden af en aan. De Rode Klauw zou niet gemakkelijk kunnen **ONT-SNAPPEN.** Jo besloot dat het beter voor mij was om terug naar huis te gaan. Ik was kapot!

DE MEGACAMPER

Iedere professionele wielrenner heeft natuurlijk IEMAND die voor zijn fiets zorgt. Ik was uitverkoren om voor Jo's fiets te zorgen. Wat een eer.

In AFWACHTING van de start van de tour sloot ik me op in onze volgepakte garage.

Ik demonteerde en monteerde de pedalen, verwisselde de banden en stelde de remmen af. Ik werd steeds behendiger en **sneller.**

Hoe beter de fiets, hoe *BETER* Jo kon presteren.

Ik was dus in de garage toen ik me een haasje SCHROK van een keihard getoeter.

**Je fiets goed onderhouden is belangrijk!
Door je fiets schoon te maken, hoe vervelend het ook is,
gaat hij langer mee!**

Het eerste wat je moet doen,
is regelmatig modder en stof
verwijderen. Gebruik hiervoor een
zachte droge kwast. Met een droge
doek kun je hem daarna opwrijven.

KWAST

DOEK

EMMER EN SPONS

Als de fiets erg vuil is, heb je een
emmer met water en zeep nodig.
Na het wassen goed afdrogen,
anders gaat het roesten!

Als je de fiets lang niet gebruikt
hebt, kun je beter eerst even
controleren of er nog genoeg lucht in
de banden zit voor je gaat fietsen. Met
het invetten van de ketting en versnelling
kun je best wat hulp gebruiken…

POMP

OLIE

Op een goed onderhouden fiets,
is het veel fijner fietsen!

TUUT! Toet! TUUT!

Voor de garage stond een **ENORME**
megacamper! Het was Peter!
Jullie kennen Peter Langoor, toch? Hij is mijn
beste vriend!
'Kom op, Joe... ritje maken?'
'Dat **enorme** ding besturen? Waarom zou ik?'
'Omdat je, als je met de hele familie DE TOUR
wilt volgen, dat toch zo *comfortabel* mogelijk
wilt doen...'

Tuut! toet! Tuut!

Ik kon het niet geloven. 'Wacht even! Bedoel je... dat je mij je camper wilt uitlenen?' 'Wat een **SUPERSPEURDER** ben je toch! Er ontgaat jou ook niets!' antwoordde Peter en het leek wel of hij me uitlachte. Hij **WEES** naar de camper: 'Zo ontbreekt het je aan niets! Er zijn bedjes en bedden voor iedereen, een bubbelbad en een **COMPUTER** met internetaansluiting! Wat wil je nog meer... Een *luxueuze* camper, een **megacamper!**'

Ik wist niet wat ik moest zeggen. Ik had er maar vijf woorden voor: *'Peter, je bent de beste!'*

De volgende dag laadden we de fietsen en de bagage in. De tour zou om twaalf uur starten bij het stadhuis.

We stapten in de camper. Alle veiligheidsgordels gingen tegelijkertijd dicht: **KLIK!**

HET AVONTUUR KON BEGINNEN!

De megacamper

1) Bestuurderscabine
2) Slaapkamer voor Jo en Joe
3) Stereo en radio
4) Woonkamer
5) Computer met Internetaansluiting
6) Computerspelletjes
7) Satelliet TV
8) Videotheek (dvd's en video's)
9) Reisbibliotheek: reisgidsen, romans en strips
10) Minibar

11) Kinderkamer: met stapelbedden
12) Airco
13) Keuken met koelkast en diepvries
14) Badkamer met douche, sauna en bubbelbad
15) Ingang opslagruimte (reserveonderdelen)
16) Fitnessruimte
17) Satellietantenne

WE VERTREKKEN!

Onze buren zwaaiden ons **enthousiast** uit. Iedereen moedigde Jo aan.

Iedereen behalve de Familie Accu, onze niet zo aardige buren.

Kevin ging onmiddellijk achter de COMPUTER zitten.

'Ik kijk even op **www.tourdelancarotte.kon!**'

Dat was de OFFICIËLE website van de tour.

Op het scherm zagen we de route met alle etappes die de volgende dagen gereden zouden worden.

Er was ook een deelnemerslijst.

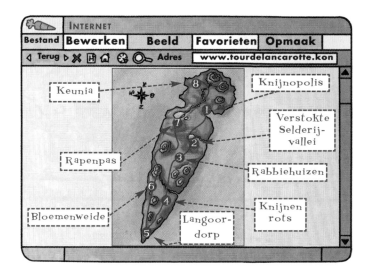

Kevin riep: '**MAM, JIJ STAAT ER OOK OP!**'
Hij klikte op ***EDDIE BIKKEL,*** een van de
favorieten. Bikkel had de **Grote Trapper van
Keunia** gewonnen, waar hij ze allemaal een

Naam: Jo
Achternaam: Carrot
Plaats: Knijnopolis
Overwinningen: 3
Ranglijst: 6
Gereden koersen: 8
Uitgereden: 8

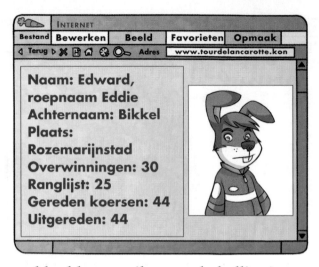

**Naam: Edward,
roepnaam Eddie
Achternaam: Bikkel
Plaats:
Rozemarijnstad
Overwinningen: 30
Ranglijst: 25
Gereden koersen: 44
Uitgereden: 44**

keutel had laten ruiken op de helling!

Hij had ook, met één poot trappend, de

GLOEIENDE ZADEL KOERS gewonnen.

DE BERGTOER, had hij fluitend uitgereden en

gewonnen. In de **Tour van P'tiet Carotte**

had hij iedereen, terwijl hij achteruit reed,

achter zich gelaten.

Maar er deden ook kampioenen als **Cees**

Haas-t mee, die snel als het licht was, en de

grote **JOOP ZOETEWORTEL!**

Een half uurtje later kwamen we op het plein

aan. Ik laadde de fiets van Jo uit.

Naam: Cees
Achternaam: Haas-t
Plaats:
Berenklauwbaai
Overwinningen: 13
Ranglijst: 26
Gereden koersen: 32
Uitgereden: 31

Mijn oren trilden van opwinding!

Jo fluisterde de kinderen in het oor: 'Lief zijn voor papa!' en gaf hen een knuffel.

Ze blies mij een *pootkusje* toe en sprong in het zadel.

'Hup, mama, hup!' riepen we in koor.

Naam: Joop
Achternaam:
Zoetewortel
Plaats: Bellavista
Overwinningen: 19
Ranglijst: 30
Gereden koersen: 44
Uitgereden: 44

KLAAR VOOR DE START?
AF!!

Het plein voor het stadhuis was afgeladen met hazen en konijnen. Iedereen klapte voor de deelnemers die naast elkaar op de startstreep stonden.

De tourdirecteur hief de startvlag omhoog. 'Klaar voor de start?' brulde hij.

En terwijl hij de vlag naar beneden bewoog, klonk het:

De renners waren vertrokken.

Ik reed met de camper achter de deelnemers aan. Ik herkende **EDDIE BIKKEL.** Hij was volledig geconcentreerd op het fietsen.

Ik zag ook Cees Haas-t, *HAZENRAP*

gevolgd door Joop Zoetewortel.

Achter de dranghekken zag ik Peter en Pippa staan met hun twaalf kinderen. Ze riepen luid:

'ZET HEM OP, JO!'

Zoals wij daar reden met onze **camper,** zo reed er een hele karavaan auto's. Voor iedere deelnemer een, met RESERVEUNDERDELEN, fietsen en een monteur.

Ik moest zorgen voor de fiets van Jo, *WAT EEN VERANTWOORDELIJKHEID!*

WAT EEN TOUR!

De Tour was een groot feest!

Er waren toeschouwers met borden en vlaggen.

Daarop stond "Hup Eddie!" of "Haast je, Cees Haas-t!"

Kevin, die naast mij zat, zei verbaasd: **'Kijk, pa!'**

Op het **WEGDEK** was om de paar meter de naam van Jo geverfd!

Wie had dat bedacht? Aha, *zij* dus! Aan de kant stonden twee konijnen met een emmer verf en een kwast. Het waren Selma en Fred, de twee

assistenten van Jo bij Boekhandel *Het Hoekje*.
Toen Jo voorbij kwam suizen op haar fiets,
zwaaiden Selma en Fred.

'HUP JO! HUP!'

Wat een enthousiasme!
En zo trapten en trapten de wielrenners, bezweet
en dorstig, en lieten **Knijnopolis** al snel achter
zich. **OP WEG** ⫶ naar de finish van die dag, de
Verstokte Selderijvallei.

De Tour *kronkelde* door berg en dal terwijl de ZON de velden in een goud licht zette.

BOEMBERDEBOEM!

De **WEG** steeg en daalde. Al na de *eerste helling*
bleven er een paar renners achter.

AH, iK VoELDE MET HEN MEE!

Op een gegeven moment had een van de
racekonijnen een lekke band. En **HUP,** daar
was de volgauto*, de MONTEUR sprong
eruit en binnen drie (ja, drie!) seconden was de
band verwisseld!

Ik keek naar wat zich voor mij afspeelde, tot
Susan opeens riep: 'Kijk, pappie! Een van de
renners rijdt verkeerd!'

Renner nummer 713, Niek Lichtpoot, was van
de weg afgeraakt en reed zo een

* Zo heet de auto die met reserveonderdelen en -fiets
achter een wielrenner aanrijdt!

wortelveld in. Hij had de **CONTROLE** over zijn stuur verloren en brulde uit volle borst:

'AHHHHHH! MAMAAAAAAA!'

Evie lachte: 'Wat aa*l*dig, hij moedigt onze moede*l* aan!'

Het veld lag op een helling en Niek reed er dwars doorheen. Wonder boven wonder slaagde hij erin op het zadel te blijven zitten. Hij reed recht op de kopploeg af die op de **WEG** onder hem voorbij reed.

En in die groep zat ook Jo!

Niek knalde tegen het HOUTEN HEKJE, maakte een fraaie duik door de lucht en landde midden tussen de renners.

BOEMBERDEBOEM!

De hele groep belandde op het asfalt. Een kluwen van wielen, zadels, trappers en sturen.

Gelukkig, er waren geen kneuzingen of breuken!
Niemand liet de oren hangen!
Ook Jo was gevallen en... **GROTE KROTEN!**
Het stuur van haar Carrotbike was afgebroken.
DIT WAS MIJN MOMENT!
Ik zette de **camper** stil en probeerde me een
weg te banen door de wirwar van fietsen en
renners. Ik vroeg bezorgd aan Jo: 'Gaat het,
schat? Ben je nog heel? Ben je op je kop geval-
len? Wil je een glaasje WATER?'

'Ik ben nog heel, Joe!
Ik heb alleen een
nieuw stuur nodig!'
Nadat ik ook Niek had
gevraagd of hij nog
heel was, zag ik in het
gras *twee identieke*
sturen liggen. *Eentje*
was van Jo en de

ander moest van Niek zijn. Ik pakte er een en…

hupsakee!

In een wip zat het stuur er weer op en kon Jo
verder rijden. Jo vertrok **KONIJNENRAP!**

Aanwijzing!

Joe heeft een stuur opgeraapt om de fiets van Jo
te repareren. Weten we zeker dat dit het juiste stuur was?

EEN VERRASSENDE FINISH

Toen we in de Verstokte Selderijvallei aankwamen, zette ik de **camper** stil achter de finishlijn.

De renners hadden de eerste etappe er bijna op zitten. Ik zette de radio aan en STEMDE AF op Radio Knijnopolis, om het verslag van de Tour te volgen.

Een commentator schalde: 'En dan nu de laatste twee kilometers! De kopgroep is redelijk stabiel. Maar wacht... Eddie Bikkel versnelt, ontsnapt! Meteen gevolgd door Cees Haas-t en Joop Zoetewortel! Het trio wordt achterna gezeten door... door...'

EEN VERRASSENDE FINISH

In de camper werd menig oortje gespitst.

WIE WAS HET? WIE O **WIE?**

De commentator ratelde verder: '...Jo Carrot!'

In de camper brak het **ONWEER** los:

JA, HOERA VOOR MAMA! HUP, MAMA, HUP!

Het viertal **REED** op de finish af.

De commentator raakte helemaal opgewonden:

'Nog honderd meter! Op kop Eddie Bikkel en Jo Carrot! Eddie Bikkel! Eddie Bikkel! Eddie Biiiiii... Jo! Jo Carrot! Jo Carrot gaat als eerste over de finish! Ze wint, ZE WIIIIIIINT!'

Jo had de sprint van Eddie Bikkel gewonnen, op het nippertje!

In de camper werd *feest* gevierd. Kevin *omhelsde* me. Susan maakte rare konijnen-sprongen. De tweeling maakte tevreden brabbel geluiden. Evie knuffelde Rabbie, haar **knuffelkonijn.**

'Onze mama heeft de Tou*l* gewonnen!' riep mijn knolletje; ze **overdreef** wel een klein beetje, want het was maar een etappe...

Toen **STORMDEN** we allemaal naar buiten.

BATTERIJ
FOTO'S

Jo werd omringd door microfoons en camera's, en de journalisten die daaraan vastzaten. Iedereen wilde een interview, het liefst natuurlijk ~~exclusief~~. De kinderen en ik worstelden ons door de menigte.

'Joe! *Kinderen!* riep Jo toen ze ons zag.

We deden een groepsknuffel.
Klik, klik, klik!
De fotografen bleven maar foto's maken. Jo
nam de kinderen mee naar de prijsuitreiking.
Ik weet heus wel dat ik een knaagster uit
duizenden heb getroffen,
maar dat ik haar ooit de
oranje trui zou zien
dragen... had zelfs ik niet
verwacht!
Dat is de trui van de leider
in het klassement!
En dat was... **mijn Jo!**
Ze was *SNELLER* dan Eddie Bikkel!
WOW!
De laatste renner kwam tegen middernacht
binnen, **NIEK LICHTPOOT,** het *ik-rij-dwars-door-het-veld-konijn...*

EEN GEHEIMZINNIG GELUID...

's Avonds zaten we allemaal in de **camper.**
Ik had me op het *KOKEN* gestort en met rapen,
wortelen en knollen een groentetaart gemaakt
om je *snorharen* bij af te likken!
Toen alles tot de laatste kruimel op was, stond
Jo van tafel op. Ze was moe: '*Familie...* ik ga
slapen! Morgen wacht me een nieuwe etappe!'
De kinderen wensten hun **kampioene** welterusten. Kevin, Susan, Evie en de tweeling doken
ook hun bedje in.
Ondanks de inspanningen van die dag, was ik
nog niet moe.
Ik zette de COMPUTER aan om te zien wat er

allemaal op **internet** stond over de Tour...
Bovenaan het klassement stond de naam van Jo,
met ernaast een foto waarop ze LACHTE.
Nieuwsgierig keek ik naar de pagina met Niek
Lichtpoot, die laatste stond. Zoals hij fietste
kon ik het ook!
Ik zette de COMPUTER uit en trok mijn pyja-
ma aan. Op dat moment hoorde ik buiten, in de
stilte van de nacht, een geheimzinnig *geluid*.
KRRR-KRRRRR!

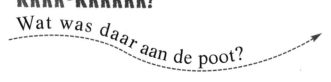

Wat was daar aan de poot?

HÈ,
JIJ DAAR!

KRRRRRR-KRRRRRRR!

Het geluid hield aan.

Door het raampje zag ik een **schaduw**
bewegen.

Er liep iemand om onze **camper** heen!

Zonder geluid te maken, kwam hij dichterbij. Ik
ging achter de deur staan en zette die heel
zachtjes op een kiertje.

Op mijn tenen sloop ik de camper uit en liep
naar de achterkant. Daar hing Jo's fiets.

Grote kroten!

Iemand probeerde de Carrotbike te stelen!

'Hé, jij daar! Wat doe je?'

De fietsendief schrok. En doordat hij schrok, liet hij mij ook schrikken en daardoor schrok hij op zijn beurt opnieuw. Toen hij uitgeschrokken was, ging hij er **HAZENRAP** vandoor, en verdween in de nacht.

Het was pikkedonker, dus kon ik niet zien wie het was.

Ik haalde Jo's fiets van de haak en nam hem mee naar binnen, de **megacamper** in.

Ik was gewend aan het achtervolgen van dieven, maar niet tijdens mijn vakantie!

Regel nummer 1: neem nooit JE WERK mee op
vakantie!

Ik besloot Jo niets te vertellen. Ik wilde haar
niet onnodig **ongerust** maken.

Een stomme streek van een fietsendief liet ik
niet haar Tour bederven, en zeker niet de
nachtrust van mijn kinderen.

Ik ging ook naar bed. Het was een ~~lange~~
dag geweest. Lang en spannend en nu ging ik
van mijn *welverdiende* nachtrust genieten.

HET GEHEIM VAN MIJN SUCCES

De volgende ochtend stonden we vroeg op.

Ik maakte het ontbijt klaar: voor Jo een
DUBBELE portie.

De etappe van de vorige dag was een **BERGETAPPE**,
met kilometers klimmen, daarom kon Jo wel
wat extra energie gebruiken!

De tweeling zaten genoeglijk aan hun flesjes
te zuigen, Susan en Evie aten **REUZE** boter-
hammen met jam, en Kevin had alleen maar
aandacht voor zijn **COMPUTER.** Hij bezocht
de **site** met de sportpagina van de
Knijnopolis Kroniek.

Eh... **verrassing!** Alle artikelen gingen

over Jo! Er was een foto van het P<u>O</u><u>DI</u><u>U</u>M, met onze kinderen. Kevin LACHTE, en zei zogenaamd bescheiden: 'Nou pap, zo slecht staan we er toch niet op, hè? We lijken net echte **B.K.K.'ers** (Bekende Knijnopolis Konijnen).'

Jo gluurde met een TEVREDEN blik naar het artikel. 'Wen er maar niet aan! De Tour is nog l a n g en de laatste etappe is nog ver weg!'

Ik wierp een blik op de voorpagina van de
online-krant.

De grootste KOPPEN waren gereserveerd voor
het artikel over de roof van **De Blauwe Radijs:**
Nog geen spoor van De Rode Klauw.

POTVELWORTELEN! De politie had hem nog
steeds niet te pakken.

Ik moest mijn best doen om er niet aan te blijven denken en luisterde aandachtig naar Susan.

Ze had een *gedichtje* geschreven voor Jo.

EEN MAMA OP DE FIETS

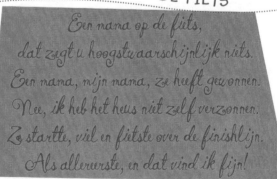

Een mama op de fiets,
dat zegt u hoogstwaarschijnlijk niets.
Een mama, mijn mama, ze heeft gewonnen.
Nee, ik heb het heus niet zelf verzonnen.
Ze startte, viel en fietste over de finishlijn.
Als allereerste, en dat vind ik fijn!

Jo en ik waren ontroerd!

Fietsen is een mooie sport, en goed voor je conditie! Samen fietsen is nog leuker. Lekker kletsen onderweg! Als je van fietsen echt je sport wilt maken, heeft Jo nog wel wat tips.

* Om een goede wielrenner te worden, moet je minstens twee keer per week trainen (laat je begeleiden door een volwassene).

* In het begin is het aan te raden vooral vlakke routes uit te kiezen. Als je al een beetje conditie hebt opgebouwd, kun je naar heuvelachtiger gebieden trekken.

* Eigenlijk is het resultaat niet belangrijk. Winnen is leuk maar onderweg zijn, kilometer na kilometer afleggen, is net zo leuk...

* Draag een goede uitrusting: een trui met zakken op je rug (daar kun je energierepen in stoppen voor als je honger krijgt onderweg), een broekje met speciale voering tegen zadelpijn, handschoenen, een helm en een bril.

FRRRRRRRRRR!

Jo reed naar de ~~START~~
met een hart vol **hoop** en een bidon vol
WATER.

Ze viel op met haar **oranje trui** tussen de
andere deelnemers.

De Tourdirecteur gaf het teken voor de start en
de tweede etappe begon.

Even was alleen het geluid van de trappers te
horen. FRRRRRRRRRRR!

Toen klonk er applaus, aanmoedigingen en
andere luide kreten.

Wat een blijdschap! Wat een spektakel!

De tweede etappe finishte in **RABBIEHUIZEN**,

midden op het eiland Lancarotte.

Na **Knijnopolis** was dat de belangrijkste stad.

De Tour verliep soepel en ik reed met mijn

megacamper achter het peloton aan. Met

één oog volgde ik de **WEG** en met het andere

de tweeling.

Ze speelden met Evie en Susan. Die trokken

rare snuiten, en de tweeling lachte.

Kevin zat voor de TV, hij volgde het verslag op

Tele K1. De helikopter van de televisie vloog

boven de slang van **RENNERS** op de weg.

Op het scherm zagen we de renners die **dicht op elkaar** reden.

Opeens werd er **ingezoomd** op Jo!

Ze trapte stevig door en wisselde een paar woorden met een renner naast haar.

'MAMA IS OP TV!' brulden de kinderen in koor.

Heel even moest ik denken aan de nachtelijke fietsendief. Wie was het?

Een gewone fietsendief... of een deelnemer die jaloers was op Jo's succes? **Hmmm**...

Uit de luidsprekers klonken de namen van de deelnemers. **BIKKEL... ZOETEWORTEL**...

Haas-t... Zou een van hen de fiets willen stelen?

Mijn speurdersinstinct zei van niet.

GROTE KROTEN! Dat waren drie kampioenen en kampioenen stelen geen fietsen! Ook niet uit jaloezie!

Ik schudde die **AKELIGE** gedachte van me af en keek naar de koers.

Ze reden over vlakke wegen, en de favoriet was Cees Haas-t, een **SNELLE** haas die bijna alle sprints wist te winnen!

Over Tours en Koersen

De beroemdste koers is de Tour de France. Deze wordt gereden in de maand juli, in Frankrijk, en duurt drie weken.

De finish is in Parijs. De koploper rijdt in de gele trui. De eerste Tour de France werd gereden in 1903. De Amerikaan Lance Armstrong won hem maar liefst zeven keer op rij, van 1999 tot 2005! Vanaf 1984 bestaat er ook een Tour de France voor vrouwen, met kortere etappes.

Dan is er ook nog de Giro d'Italia, de Ronde van Italië, voor het eerst gereden in 1909, en de Vuelta Ciclista a España, de ronde van Spanje, die sinds 1936 bijna jaarlijks wordt gereden. De winnaar van de ronde van Italië draagt de roze trui, de ronde van Spanje heeft geen eigen trui.

Dan zijn er natuurlijk ook nog ieder jaar de wereldkampioenschappen. Die duren maar een dag en worden elk jaar in een ander land georganiseerd. De winnaar hiervan mag een jaar lang de regenboogtrui dragen (met vijf kleuren: blauw, rood, zwart, geel en groen, de Olympische kleuren).

Verder zijn er nog andere koersen die inmiddels klassiek zijn, bijvoorbeeld Parijs-Roubaix of Milaan-San Remo.

MEEDOEN IS BELANGRIJK!

Na een paar rustig verlopen uurtjes werd de
ETAPPE wat spannender.

Het **VOORBEELD** van Jo werd door andere
rensters maar wat graag opgevolgd. Ze waren er
helemaal klaar voor, ze wilden hun mannelijke
collega's weleens een keutel laten ruiken!

EDDIE BIKKEL wilde koste wat het kost een
NEDERLAAG als die van de vorige dag
voorkomen!

Na vele kilometers kwam eindelijk het einde
van de etappe in zicht. Aan de horizon werden
de contouren van Rabbiehuizen zichtbaar.

Zoals verwacht, **SPRINTTE** Cees Haas-t ervandoor. Als een **SPEER** kwam hij als eerste over de finishlijn.

Jo eindigde goed, en behield haar **oranje trui.**
Tegen zonsondergang kwam ook **NIEK LICHTPOOT** nog over de streep. Uitgeput en **dorstig** maar o zo fanatiek, wilde hij niet opgeven voor de eindstreep! Ik mocht hem wel: al leek hij op een tam konijn, hij had een echt **sporthart!**

HIJG! HIJG!

Nachtelijk
bezoek!

Nadat de etappe afgelopen was en we hadden gegeten gingen we allemaal naar bed, moe maar *voldaan!*

Nadat ik de hele familie *welterusten* had gezegd, deed ik het licht uit.

Ik was wel toe aan een goede nachtrust.

De **megacamper** stond geparkeerd op een rustig pleintje in Rabbiehuizen.

Er waaide een **licht briesje** en de krekels zongen hun serenade voor de maan.

Mijn ogen vielen dicht… ZZZ … mijn kop raakte het kussen en…ZZZ … de nacht **wiegde** mij in slaap.

BOEM! Ik was op slag wakker. Wat was dat voor een geluid? **BOEM!**

Opeens hoorde ik de stem van Susan van buiten komen: 'Pappie kom snel!'

Jo was nu ook wakker.

Wat deed Susan daar, midden in de nacht? We **RENDEN** naar buiten. Susan en Kevin stonden in pyjama voor de camper.

'Susan! Kevin! Wat gebeurt hier?'

Kevin was opgewonden. 'Er wilde

iemand de **camper** binnenkomen!'

'**wie**? **wat**? **waar**? Waarom hebben jullie me niet wakker gemaakt?'

'We wilden je niet voor niets wekken, misschien was het VALS ALARM!' antwoordde Kevin.

Susan vertelde verder: 'We gingen naar buiten en zagen toen een wazig figuur. Hij had zijn kraag tot aan zijn snuit opgetrokken en op zijn kop stond een petje, dat tot over zijn OGEN zakte. Toen hij ons zag, stoof hij er als een konijn vandoor. Hij trapte met zijn poot in een emmer en struikelde met zijn snuit tegen een lantaarnpaal.

Ik wist het: 'De fietsendief! Hij weer!'

Jo keek me aan en vroeg: *'Welke fietsendief?'*

Ik moest de waarheid wel vertellen.

1

We gingen naar buiten en we zagen een wazig figuur met zijn kraag opgetrokken tot aan zijn snuit en een petje over zijn ogen...

2

...toen hij ons zag ging hij er als een konijn vandoor, en trapte in een emmer...

3

...hij struikelde en viel met zijn snuit tegen een lantaarnpaal!

4

HET REGENT PIJPENSTELEN

Ik vertelde over het eerdere **NACHTELIJKE** bezoekje. 'Ik had niets verteld omdat ik je niet ongerust wilde maken!' zei ik.

Jo werd **kwaad.** 'Maar de dief kwam terug! Weet je wel in wat voor een gevaar je de **kinderen** hebt gebracht!'

'Wij liepen geen gevaar, maar hij!' GRINNIKTE Kevin.

'Naar bed, allebei!' beval Jo.

Kevin en Susan gehoorzaamden zonder protest.

Ik lag de hele nacht naar het plafond van de **camper** te staren.

Ik deed geen oog dicht... en ook geen oor. Ik

bleef liggen *luisteren* totdat de ochtend aanbrak.

Iemand had het op ons GEMUNT, waar wij ook gingen, daar verscheen hij ook.

Ik moest uitvinden waarom.

Twee uur na **zonsopkomst** werden ze wakker, klaar voor de derde etappe. Van Rabbiehuizen naar Knijnenrots, een plaatsje midden op de meest **kale vlakte** van Lancarotte.

De koers startte onder een hemel die zo *duister* was, dat je er **BANG** van zou wor- den... Uit de donkere wolken kwam eerst een buitje vallen, dat al snel overging in een bui en later zelfs een enorme *PLENSBUi* werd.

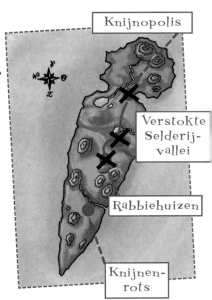

Het natte asfalt zag er erg gevaarlijk uit. En een
heleboel renners kwamen dan ook TEN VAL.
Een aantal haakte zelfs af.
De renners die volhielden kwamen onder de
MODDER in Knijnenrots aan, ONDER-
KOELD en doorweekt.
Voor de statistieken: WILMA WOLKBREUK
kwam als eerste aan. Zij won altijd alleen maar

als het regende, omdat ze specialiste op nat **WEGDEK** was).

Jo eindigde als tweede en Eddie Bikkel schoof op in het algemeen klassement.

Niek Lichtpoot, die een **PLEISTER** op zijn snuit had *(wie weet waarom?!)*, kwam weer eens als laatste aan.

De volgende dag reden de renners een nogal bochtige etappe met veel afdalingen.

Twee uur na het vertrek brak de zon door de **WOLKEN.** Jo wist haar achterstand op Wilma in te lopen. De achtervolgers weken geen duimbreed, maar Jo wist de sprint in Langoordorp te winnen. De **oranje trui** was weer van haar!

Aanwijzing

Niek Lichtpoot was een onfortuinlijk renner! Vandaag had hij ook nog eens een pleister op zijn snuit! Alsof hij ergens tegenaan was gelopen...

EEN KLEERKAST VAN EEN KONIJN!

Voor de volgende dag stond er geen etappe op het programma. De renners konden een dag *uitrusten*.

De karavaan volgauto's zette op het plein in Langoordorp zijn kamp op.

Dit was een van de *oudste steden* van heel Lancarotte, en werd omringd door velden met groenten en graan, zover als het **OOG** reikte. Nergens was ook maar één toeristische attractie te bekennen. Jo nam het ervan en *speelde* met de tweeling en Evie. Ik maakte KONIJNEN-SPRONGEN met Kevin en Susan.

Later liepen we naar de autokaravaan.

Verderop zagen we **NIEK LICHTPOOT** met een
PLEISTER op zijn snuit.

Hij was de **banden** van zijn fiets aan het
verwisselen. Door zijn val leken ze eerder
VIERKANT dan rond. Cees en Joop liepen
naar hem toe.

Toen had je de konijnen aan het dansen!

Niek Lichtpoot, stap niet op je fiets... al trap je je de blubber, bereiken doe je niets!'

Zoetewortel, een kleerkast van een konijn met een onsympathieke snuit, nam Niek in de maling. Hij begon een spotliedje te zingen.

Susan heeft nooit tegen pestkoppen gekund, ze schraapte haar keel en zong:

'**Zoetewortel voornaam Joop,**

noem het maar een miskoop!

Zijn mammie zit hem op zijn kop,

pak je fiets en hoepel op!'

Susan heeft altijd al een *talent* voor rijmpjes gehad, maar Zoetewortel kon het niet waarderen... Hij keek wazig om zich heen en kwam naar me toe.

Zijn blik was **KOUD** als marmer.

'Ben jij de man van Jo?'

'Van oor tot straat!' antwoordde ik vriendelijk.

'Aangenaam kennis te maken, mijnheer ZOETEMELK... EH, ZOETEKAUW... ËH, NEE, ZOETEPAP?'

Zoetewortel werd bleek om zijn snuit.

'O sorry, mijnheer ZOETELIEF... weet u, achternamen onthouden is niet mijn sterkste punt!'

BEN JIJ DE MAN VAN JO?

Hij brulde met luide stem: 'Zeg tegen die vrouw van jou dat ze die **oranje trui** de rest van de Tour niet meer te zien krijgt!'

'Denkt u dat heus, MIJNHEER ZOETHOUT?'

'ZOETEWORTEL is mijn naam!

Joop Zoetewortel!' krijste hij.

Wanhopig *(wie weet waarom?)* draaide Joop zich om en liep op hoge poten weg.

Toen hij langs de andere renners liep, hoorde ik hen zachtjes zingen:

'Zijn mammie zit hem op zijn kop,

pak je fiets en hoepel op!'

Om pestkonijnen zoals hij op hun plaats te zetten, zit er maar een ding op: ze vierkant uitlachen! Daar kunnen ze helemaal niet tegen!

Begrepen, knagers?

Kevin zei: 'Die Zoetewortel is geen lieverdje, maar volgens mij is hij niet de dief!'

Susan was het met hem eens: 'Bovendien was de dief een stuk kleiner!'

Zowel Kevin als Susan zijn goede **WAAR-NEMERS;** hoe zou dat nou komen?

Eén ding wist ik zeker, de dief was een van de deelnemers aan de Tour.

1 FIETS VOOR 2

Dag na dag reed de Tour door, op naar het noorden van het eiland, tot aan de voet van de **BERGEN**. Jo bleef tot ieders verbazing *AAN KOP* van het klassement rijden. Eén etappe had ze de **trui** aan Haas-t moeten afstaan, maar de volgende etappe had ze hem alweer terug. Tussen haar en **EDDIE BIKKEL** zat maar een paar seconden verschil. De **UiTSLAG** van de Tour zou worden beslist op de finishlijn van de allerlaatste etappe. De legendarische megamacro-etappe van **KEUNIA.**

Maar tussen Jo en de overwinning stond nog een enorm obstakel: *Top de Dolle Kervel*, de

hoogste berg van de hele
archipel!

Ik parkeerde de camper bij
het sportpark van **Kn⊙l-
lend⊙rp,** daar zou de
KOERS de volgende dag
vertrekken.

Kevin en Susan die maar
geen genoeg konden krijgen
van het fietsen, huurden een
TANDEM (een fiets die

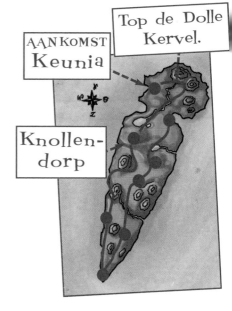

AANKOMST
Keunia

Top de Dolle
Kervel.

Knollen-
dorp

alles **DUBBEL** heeft: twee zadels, twee paar
pedalen, twee sturen) en maakte een ritje om
Knollendorp.

Ik bleef achter met Jo, Evie en de tweeling. Jo
kon zich zo mooi even *ontspannen* voor de
allerlaatste etappe.

De fietsendief had zich niet meer vertoond (ik

had voor de zekerheid de fiets elke avond mee naar binnen genomen!).

Maar mijn SPeUrDeRSiNStiNCt zei me dat ik moest blijven oppassen!

Waarom wilde de dief, met al die fietsen om hem heen, juist Jo's fiets stelen?

Wat was er zo speciaal aan Jo's fiets?

Alles op een rijtje!

1. Nadat Joe het stuur weer op Jo's fiets terug had geplaatst, wilde iemand de fiets stelen!

2. De dief probeerde tweemaal toe te slaan: in de Verstokte Selderijvallei en in Rabbiehuizen, dus moet hij een deelnemer aan de koers zijn!

3. Tijdens de tweede poging liep de fietsendief tegen een lantaarnpaal op, waardoor hij zich misschien heeft bezeerd! Aan zijn snuit of zo?

VRAAG HET AAN JO

GESPANNEN...
MAAR NIET TE!

Voor een belangrijke gebeurtenis (wedstrijd, examen, spreekbeurt of een afspraak) is het normaal dat je een beetje gespannen bent. Je maag speelt op, je kunt niet slapen... Wat kun je daar tegen doen?

* Het tegendeel van gespannen is ontspannen. Probeer je dan ook zoveel mogelijk te ontspannen. Ga een leuke film kijken, lees een goed boek, doe iets leuks met iemand die je aardig vindt!

* Ook wat je eet is belangrijk! Te veel of te weinig is beiden niet goed! Een goede maaltijd met proteïnen (vis of vlees), koolhydraten en een heleboel groenten en fruit, helpt je om goed te slapen zonder problemen!

* En als laatste, voor je naar bed gaat, drink je een beker warme melk of een kopje kamillethee!

Joe!
De kinderen!!

Die vraag bleef *DOOR MIJN KOP* spoken.
Toen het **AVOND** werd, besloot ik voor ik ging
slapen nog even een rondje te maken om alles
nog eens op een rijtje te zetten.

Ik bleef in de buurt van de **camper.** Opeens
hoorde ik pootstappen achter me. Het was Jo, in
pyjama, die me gezelschap kwam houden.

'Om lekker slapen!' zei ze met een GLIMLACH.
'Morgen is het een spannende dag voor jou...'
Ik onderbrak mezelf. **Grote kroten!**
Achter Jo's rug zag ik de camper vertrekken.

BROOOOOOOEEEEEM!

Iemand probeerde de camper te stelen!

'JOE! De kinderen!' gilde Jo ANGSTIG.

De kinderen lagen te slapen in de camper!

We hadden geen tijd te verliezen! Jo en ik keken om ons heen en zagen de TANDEM van Kevin en Susan staan. We wisselden een korte BLIK en sprongen in het zadel en trapten zo hard als we konden!

Al snel lieten we het **SPORTPARK** achter
ons en vlogen van de helling de vallei in.
Op volle snelheid namen we *de achtbaanbochten*,
we fietsten door zonder ook maar
één keertje op **DE REM** te trappen.
De weg was slecht (of beter gezegd, *helemaal
niet)* verlicht. Ons enige houvast waren de
lichten van de camper en...

POTVOLWORTELEN!

We haalden ze zowaar in!
Plotseling sloeg de camper linksaf, een onver-
hard pad op met allemaal kuilen en gaten.
Ik trapte op de rem.

PIIIIIIIEEEEEEEP.

Ook wij sloegen het pad in. Hobbelend
van de ene naar de andere kuil bereikten we de
camper. Jo en ik staken een 🐾🐾🐾🐾 uit
en hielden ons aan de trap vast. We **HINGEN**

nu min of meer aan de camper.

Het pad liep steil naar beneden. *NEER, NEER, EN NOG EENS NEER!*

De dief had er geen idee van dat

wij achter de camper aanstuiterden.

We klampten ons met onze nagels,

oren en tanden vast.

Voor geen goud zou ik de camper loslaten en

onze kinderen daarmee overleveren aan zo'n

KOEKENBAKKERKONIJN!

Het kronkelpad liep verder langs een diep

RAVIJN.

De dief had ons blijkbaar in de gaten, want ik

zag hoe **TWEE OGEN** me aankeken via de

achteruitkijkspiegel van de camper.

Hij begon te ZIGZAGGEN en liep daarmee

gevaar in het ravijn te storten.

Jo riep: 'Joe, probeer op de camper te **KLIMMEN,** red onze kinderen!'

Dat liet ik me geen twee keer zeggen. Ik greep de ladder vast en klom op het dak.

De dief achter het stuur maakte een ZIG, toen een ZAG, en toen een ZIG ZIG... en bij de laatste ZAGZAG verloor ik mijn evenwicht!

KONIJNIGE REFLEXEN

GROTE KROTEN! Ik viel!

Met konijnige reflexen wist ik de reling van de **camper** te grijpen, anders was ik zeker...

De dief (die mij waarschijnlijk niet echt aardig vond) smeet opeens de deur open.

Sommige dingen zie je alleen in **FILMS** en om eerlijk te zijn had ik op dat moment veel liever in de bioscoop gezeten, bakje wortels erbij... *lekker!*

De SCHURK aan het stuur SLIPTE met opzet en probeerde me zo kwijt te raken, maar ik hield vast!

Bij elke *bocht* dacht ik aan Kevin, Susan, Evie

en de tweeling. Ik dacht aan hun snuitjes, ik dacht aan Jo die als een waanzinnige achter ons aanreed, ik dacht aan de **camper** en... met een zwaai *STORTTE* ik mij in de bestuurderscabine.

De dief, onherkenbaar vanwege zijn enorme CAPUCHON, stortte zich er aan de andere kant uit. Hij rolde naar beneden, het duister in.

Ik greep het stuur en remde uit alle macht.

De camper kwam tot stilstand.

OEF! DAT WAS VOORBIJ!

Ik ging op de bestuurderstoel zitten en sloot mijn ogen. Toen ik me omdraaide om te kijken hoe het met de kinderen ging, viel ik om van verbazing.

De tweeling snurkte lekker verder, maar Evie, Susan en Kevin waren klaarwakker.

'**Wow! Cool, pa!**' zei Kevin.

'Pappie! Doen we dat nog een keer?' vroeg Susan.

'VEEL LEUKEL DAN EEN DLAAIMOLEN!' gilde Evie.

Jo kwam buiten adem aan, vloog de camper
binnen en omhelsde de kleintjes.

Iedereen was gelukkig nog heel!

Maar ik had behoorlijk peentjes GEZWEET, dat kan
ik jullie wel vertellen!

De enige die bij het koppen tellen miste was de
fietsendief!

Opeens hoorden we hem schreeuwen:

'Help! Trek me omhoog!'

Ik gluurde over de rand van het ravijn.

En wie hing daar aan een tak?

Jo en de kinderen stonden met wijd openge-
sperde snuitjes toen ze... **NIEK LICHTPOOT**
herkenden!

'Maa*l* jij komt altijd als laatste ove*l*
de finish!' stelde Evie vast.

'Nee, kinderen!' zei ik.

'Dat is helemaal geen
WIELRENNER maar
een doodgewone dief!
Toch, Niek? Of wil
je dat ik je... De
RODE KLAUW
noem?'

ZAAK
GESLOTEN!

Ik belde de politie die na een tijdje met loeiende
sirenes aan kwam rijden.

De **RODE KLAUW** werd ingerekend door agenten die aan **veiligheidskabels**
afdaalden en Niek bevrijdden uit zijn benarde
positie.

De politie-inspecteur gaf me een complimentje:
'Goed gedaan, **detectief** Carrot! Maar
hoe ben je erin geslaagd hem te ontmaskeren?
En weet je heel **ZEKER** dat Niek Lichtpoot en
De Rode Klauw een en hetzelfde konijn zijn?'
Ik vroeg de inspecteur binnen te komen in de

camper. We boden de agenten een kopje moutkoffie aan. Toen iedereen zat, zette ik alles nog eens op een rijtje.

'Zo is het gegaan: De **RODE KLAUW** heeft zich nadat hij De Blauwe Radijs had gestolen inge- schreven voor de TOUR DE LANCAROTTE. Onder een valse naam: Niek Lichtpoot. Dat was de enige manier waarop hij de stad uit kon komen. De **POLITIE** had immers alles AFGEZET. Onder de renners kon hij onge- zien langs alle afzettingen komen. En waar kon hij de saffier beter verstoppen dan in... het fiets- stuur? Helaas voor hem, verloor

hij zijn stuur… net als Jo! In de **HAAST** van de race heb ik **PER ONGELUK** het stuur van Niek (De Rode Klauw) gepakt en op de fiets van Jo gemonteerd… De twee sturen waren dan ook **identiek.**'

Kevin had het ondertussen al begrepen.

'Daarom wilde hij mama's fiets stelen! Hij zocht het stuur!'

De inspecteur was het met hem eens. 'Natuurlijk! Dan had hij de…'

'**…Blauwe Radijs** weer in z'n poten!' maakte ik zijn zin af.

Ik liep naar de fiets van Jo, haalde het stuur eraf en vond… **De Blauwe Radijs!**

HET AVONTUUR GAAT VERDER

De **RODE KLAUW** had bijna de perfecte misdaad gepleegd, als het toeval niet een **STOKJE** tussen zijn spaken had gestoken!

De zaak was gesloten, maar het **AVONTUUR** was nog niet voorbij! Er was nog een allerlaatste etappe naar *Top de Dolle Kervel*.

's Ochtends stond er aan beide kanten van de weg naar de top een enorme menigte.

DE RENNERS STONDEN KLAAR.

Jo was ondanks de ***hectische*** nacht helemaal fit. Ze was geconcentreerd en vastbesloten te winnen! Toen de Tourdirecteur zijn vlag liet

zakken, ▓▓▓▓▓ de toegestroomde menigte
los. De renners zetten hun tanden in de helling.
De berg was zo steil dat de fietsen bijna
achterover klapten.
De kinderen moedigden Jo aan: 'HUP, MAMA,
HUP! JE BENT DE BESTE!'
Jo trapte en... *VLOOG!*

De renners waren inmiddels *over de helling* verspreid. Een aantal hadden het zelfs al opgegeven. Halverwege de helling moest ook **Cees Haas-t** het opgeven. Nu waren ze nog maar met zijn drieën: JOOP ZOETEWORTEL, EDDIE BIKKEL en Jo Carrot!

De zon scheen ongenadig hard, en de **HITTE** werd Joop Zoetewortel te veel, zodat hij op moest geven. Hij verliet het parcours, huilend als een fontein!

Eddie Bikkel en Jo bleven over!

Eddie zat er helemaal door, dat was duidelijk te zien. Hij moest wat drinken om verder te kunnen. Maar helaas, zijn  WATERVOORRAAD was op. Jo zag dat Eddie het moeilijk had, dus gaf ze hem haar bidon. Hij dronk hem helemaal in een teug leeg en kon er weer tegenaan.

Hij schakelde over in een andere versnelling,
ging op de pedalen staan en **stortte** zich met
al zijn kracht op de *helling.* Jo zat achter hem,
maar Eddie won **TERREIN** met elke trap en
in de verte lonkte de finish.

Eddie zette de **EINDSPRINT** in en
won de laatste etappe!

Hij kwam binnen met zijn voorpoten **IN DE LUCHT**
gestoken. De menigte applaudisseerde.

Niet voor hem, maar voor Jo!

Zij was de HeLDiN van de Tour. Haar sportieve

gebaar had iedereen ontroerd!

Mijn Jo! wat was ik trots op haar!

Bij haar binnenkomst werd ze door de menigte in de lucht gegooid. Ook Kevin, Susan, Evie en de tweeling waren trots op hun moeder!

OOST, WEST, THUIS BEST!

Toen we thuis kwamen in **Knijnopolis** was het huis **VERSIERD**.

Overal hingen slingers en **BALLONNEN!**

Alle buren wilden Jo feliciteren.

Allemaal behalve de Accu's, natuurlijk.

's Avonds gaven we de **camper** terug aan Peter.

ALS HIJ ONS DE CAMPER NIET HAD UITGELEEND, ZOU DE HELE REIS NOOIT ZO SOEPEL ZIJN VERLOPEN.

'Ik vind het jammer dat DE TOUR is afgelopen,' zei Susan.

Jo troostte haar: 'Weet je wat ik dacht? Waarom doen we volgend jaar niet weer mee?'

'**Jaaaaaaa!**' brulden de kinderen in koor.

'En jij?' vroeg Jo me. 'Wat vind jij ervan?'

Ik antwoordde: '*Natuurlijk!* Waarom niet?'

'Goed!' zei ze. 'Begin dan maar vast met trainen.'

'Trainen... **ik? Waarom zou ik?**'

'Ik heb jou ook ingeschreven voor volgend jaar!' antwoordde Jo. 'De volgende Tour de Lancarotte rijden we *samen!*'

Van wat er daarna gebeurde weet ik niets meer.

Ik ben waarschijnlijk flauwgevallen.

Zo zie je maar: De familie Carrot verveelt zich nooit!

Inhoud

Geronimo Stilton

SUPERHELDEN

Stripboeken Geronimo Stilton:
1. De ontdekking van Amerika
2. Het geheim van de Sfinx
3. Ontvoering in het Colosseum
4. Op pad met Marco Polo
5. Terug naar de IJstijd

JOE CARROT

1. Eén minuut voor middernacht
2. De Vuurpijl
3. De ongrijpbare Rode Klauw

Thea Stilton

1. De Drakencode
2. De Thea Sisters op avontuur
3. De sprekende berg
4. De Thea Sisters in Parijs
5. De verborgen stad
6. Het ijzingwekkende geheim
7. Het mysterie van de zwarte pop

Stripboeken Thea Stilton:
1. De orka van Walviseiland
2. De schat van het Vikingschip

Oscar Tortuga

1. Losgeld voor Geronimo
2. Wie wint Geronimo?
   (Om op te eten...)
3. De schat van kapitein Kwelgeest
4. Blijf met je poten van mijn goud af!

Klassiekers:
* De drie muisketiers (NL)
  De drie musketiers (BE)
* De reis om de wereld in 80 dagen
* Het jungleboek
* Het zwaard in de steen (NL)
  Koning Arthur (BE)
* Onder moeders vleugels
* Schateiland (NL)
  Schatteneiland (BE)

Overig:
* Geronimo Stilton - Dagboek
* Geronimo Stilton - T-shirt met
  chocoladegeur
* Geronimo Stilton -
  Verjaardagskalender
* Geronimo Stilton - Vriendenboek

Alle boeken zijn te koop bij de boekhandel of te bestellen via de website.

Konijnenarchipel

A. LANCAROTTE

1. Keunia
2. Top de Dolle Kervel
3. Knijnopolis
4. Berlikummer Baai
5. Rabbiehuizen
6. Langoordorp

B. P'TIET CAROTTE

7. Dilledorp
8. Karwijstad
9. Parijse Broeibaai

C. DE SPITS

D. LAS TANDAS ENORMAS

10. Bellavista

E. LAS CAROTAS

11. Flakkeese
12. Pastinaak Barriere
13. Berenklauw Baai

F. MOSSELEILANDEN

14. Biologielab
15. Natuurpark

KNIJNOPOLIS

Tot het volgende avontuur!

JOE CARROT